ACADÉMIE DES SCIENCES, BELLES-LETTRES ET ARTS

DE BORDEAUX

SÉANCE PUBLIQUE DU 7 DÉCEMBRE 1893

DISCOURS DE RÉCEPTION

PRONONCÉ

Par M. Fernand SAMAZEUILH

BORDEAUX

IMPRIMERIE G. GOUNOUILHOU

11 — RUE GUIRAUDE — 11

1893

DISCOURS DE RÉCEPTION

PRONONCÉ

PAR M. FERNAND SAMAZEUILH

A la Séance publique

DE L'ACADÉMIE DES SCIENCES, BELLES-LETTRES & ARTS DE BORDEAUX

LE 7 DÉCEMBRE 1893

MESSIEURS,

L'Académie de Bordeaux, en m'admettant dans son sein, oubliait sans doute que je ne suis ni artiste, ni savant, ni littérateur; mais, par une délicatesse dont j'ai été profondément touché, elle a voulu se souvenir, en m'attribuant le fauteuil de Saugeon, de la similitude de goûts et d'études qui me rapproche de mon regretté prédécesseur.

Ce qui, pour un homme d'affaires comme moi, n'est que délassement et charme des heures de loisir, a été pour lui travail quotidien et direction de la vie entière. J'étais encore trop près des bancs du lycée pour songer à publier la *Réforme de l'enseignement* ou les *Principes de 89,* que déjà Saugeon avait écrit de nombreux ouvrages sur les questions d'éducation, et, joignant la pratique à la théorie, avait pris l'initiative d'ouvrir à Bordeaux le premier cours d'enseignement primaire et secondaire pour les jeunes filles. Beaucoup, sans doute, dans la partie la plus charmante de mon auditoire, ont profité elles-mêmes de cet enseignement, qui aujourd'hui peuvent en faire recueillir les fruits à leurs filles, puisque les cours Saugeon ont continué de prospérer à Bordeaux en restant fidèles à la tradition du fondateur.

Saugeon avait l'esprit assez varié pour ne pas se renfermer dans un seul genre d'études; c'est ainsi qu'il a publié successivement : une *Histoire de France en récits gaulois, romains et francs,* une *Géographie rationnelle,* un *Tableau de la littérature française,* un *Traité de versification* et même des comédies.

Mais la vie intellectuelle ne suffisait pas à épuiser le trop-plein de sa riche activité. Il trouvait moyen de se faire une place importante dans notre département et de rendre, comme homme public, des services désintéressés au sein de la Commission administrative des Hospices et du Conseil général de la Gironde, qui lui confia tour à tour les fonctions de président et de vice-président. En un mot, Saugeon ne fut pas seulement un professeur distingué, mais un philanthrope, un esprit, un cœur ouverts à toutes les idées généreuses et à tous les dévouements.

Le caractère des ouvrages qu'on a bien voulu appeler mes titres académiques, et l'héritage de Saugeon, conspiraient donc pour me suggérer aujourd'hui un sujet de discours que beaucoup trouveront peut-être sévère et aride, que quelques-uns même pourront qualifier d'ennuyeux. Il y avait deux moyens d'épargner à tous cette épreuve : laisser dans l'ombre les deux traits les plus caractéristiques de la personnalité de Saugeon, et j'aurais cru le méconnaître; ou lui chercher un successeur plus spirituel et plus brillant, ce qui certes eût été bien facile pour l'Académie.

Quant à moi, je puise dans la fidélité au souvenir de mon prédécesseur le courage d'aborder devant vous une étude qui n'aurait pas manqué d'exciter son vif intérêt : celle d'un des liens les plus étroits, des rapports les plus directs entre la question pédagogique et la question sociale.

Quand on n'envisage que superficiellement les questions d'enseignement, on ne saurait voir combien elles rayonnent au dehors, et contiennent pour ainsi dire plus qu'elles-mêmes. Au contraire, quand on les étudie à fond, on en constate chaque jour les conséquences et les répercussions lointaines dans bien d'autres domaines, par exemple, dans le domaine social.

Ainsi, l'un des caractères distinctifs du mouvement pédagogique actuel, c'est la tendance à diversifier les types d'éducation et les programmes d'enseignement suivant les vocations et les aptitudes des élèves. Cette tendance se manifeste dans tous les ordres d'enseignement : d'abord, dans l'instruction primaire proprement dite, où on a adjoint le travail manuel au plan d'études traditionnel, qui ne contenait que des connaissances purement générales ou théoriques, comme la lecture, l'écriture et le calcul; puis, dans les écoles primaires supérieures, où l'on se préoccupe d'inculquer aux élèves des connaissances pratiques relatives à l'agriculture, au commerce, à l'industrie, pour former des contremaîtres, des chefs d'ateliers, des directeurs d'exploitations agricoles. Mais c'est surtout dans l'instruction secondaire que s'affirme le caractère spécial et professionnel de l'enseignement, par la création de l'enseignement moderne dans nos lycées et collèges.

Je sais qu'on a voulu faire à l'Université un grief de cette réforme capitale, comme si on n'avait pas obéi en la décrétant à la force des choses, comme si l'Université, corps essentiellement conservateur, n'avait pas compris d'instinct qu'elle ne pouvait se soustraire à cette initiative sans abdiquer la direction intellectuelle et morale des jeunes générations.

Ce serait en effet une grande erreur de croire que les

systèmes d'enseignement sont le produit du hasard, ou de la fantaisie individuelle. Ils ont au contraire leurs racines profondes dans l'état économique et social des nations auxquelles ils s'adressent.

Ainsi, la société d'avant la Révolution, la France de l'ancien régime, se distinguait par les caractères suivants : l'hérédité des charges et des fonctions sociales, la concentration de la richesse entre les mains d'un petit nombre, en vertu du droit successoral ou des coutumes réglant la transmission de la propriété ; enfin, une division très rudimentaire du travail qui restreignait beaucoup le champ de l'activité professionnelle, et permettait à la majorité des classes dirigeantes de vivre de leurs revenus sans remplir une tâche déterminée.

A cet état économique et social devait nécessairement correspondre un certain type pédagogique : le dilettantisme, l'humanisme. Il reposait sur une culture générale uniforme, particulièrement empruntée aux langues mortes, ayant, disait-on, la vertu secrète de préparer indistinctement à toutes les carrières.

Ce type d'enseignement pouvait suffire à une époque où prédominait la vie de cour et de salon. Peut-être devrait-on s'étonner de ce qu'il ait persisté si longtemps, si l'on ne savait avec quelle énergie les institutions pédagogiques survivent aux conditions mêmes qui ont favorisé leur naissance.

Toutefois, ce mode d'éducation ne devait pas se perpétuer dans la France moderne, dont l'état économique et social est exactement opposé à celui de la France de l'ancien régime.

En effet, au lieu de l'hérédité des charges et des fonctions, nous avons aujourd'hui l'admissibilité de tous aux emplois ; au lieu de la concentration, une extrême division de la propriété, due aux dispositions du Code civil, au partage égal et forcé des héritages entre tous les enfants. De plus, la diminution progressive des revenus fonciers et mobiliers réduit peu à peu à une position voisine de la gêne ceux qui vivent uniquement de leurs rentes sans y ajouter de revenus professionnels ; enfin la division toujours croissante du travail élargit sans cesse le champ de l'activité humaine, en ouvrant chaque jour de nouvelles carrières.

De si profonds changements pouvaient-ils ne pas avoir leur contrecoup sur les institutions pédagogiques ? Aussi avons-nous vu l'ancien type de l'humanisme, du dilettantisme, s'effacer de plus en plus devant ce qu'on peut appeler le type *professionnel* de l'enseignement. Celui-ci, au lieu de reposer comme son prédécesseur sur une culture générale uniforme et ignorante des spécialités professionnelles, se préoccupe de conformer son plan d'études à la diversité des carrières. Il n'aspire point, comme semblerait l'indiquer son titre, à inculquer prématurément la pratique, l'apprentissage d'un métier. Il entend conserver les caractères d'une culture générale, tout en tenant compte de l'impossibilité de renfermer dans un plan d'études uniforme la somme des connaissances dont l'esprit humain s'est successivement enrichi, et en cherchant, par des moyens divers, à s'adapter aux principales professions de la vie moderne.

Le but qu'on a visé en métamorphosant ainsi le type d'enseignement secondaire, c'est d'abord de mieux préparer les individus à l'exercice de leur future carrière, mais surtout de former des citoyens mieux équipés, plus solidement armés pour les luttes de la vie. La structure même de la société d'autrefois lui permettait de s'accommoder du dilettante, de l'humaniste qui promenait partout son aimable curiosité, et butinait comme un brillant papillon sur toutes les fleurs sans s'arrêter sur aucune; mais la société actuelle doit lui préférer l'homme de profession qui semblable à l'abeille, ouvrière industrieuse et infatigable, entretient soigneusement son alvéole et collabore ainsi au bien-être, à la prospérité de la ruche sociale.

Le dilettante, l'humaniste, est souvent un égoïste, plus jaloux de développer en tout sens sa personnalité que de la mettre au service de la société. Au contraire, le caractère circonscrit de la tâche à laquelle se consacre l'homme de profession en fait nécessairement un être social et moral, parce qu'il l'oblige à sortir de lui-même, à se dépenser pour les autres, et l'enserre dans les liens multiples et l'étroit réseau de la morale professionnelle.

Eh bien! Messieurs, c'est l'homme formé d'après le type d'enseignement que j'ai appelé, en élargissant le sens habituel de ce mot, *professionnel,* c'est cet homme, dis-je, que la vie va mettre aux prises avec les difficultés du problème social.

J'arrive ici au nœud même de mon discours, et je voudrais posséder ce don communicatif qui rendrait aussi saisissant pour vos esprits que pour le mien ce remarquable point de contact entre la question sociale et la question pédagogique. Les mêmes besoins qui dans l'une ont mis au premier plan le type d'*enseignement* professionnel, font ressortir dans l'autre l'urgence d'organiser tout d'abord les cadres de la *vie* professionnelle.

Il suffit de suivre de près les faits contemporains pour s'en rendre compte. La loi de 1884 sur les syndicats ne s'est pas imposée avant toute autre à la sollicitude du législateur par un simple effet du hasard, mais par un résultat de l'expérience, qui a prouvé que l'ensemble des questions variées et complexes du problème social reste subordonné à la constitution préalable des groupes professionnels.

Ainsi, on ne saurait se flatter de déterminer par une formule législative unique la réglementation des heures de travail et du chiffre des salaires, parce que les conditions du travail et la situation respective des patrons et des ouvriers varient beaucoup suivant les localités et les industries particulières.

La solution de ces questions n'est donc réalisable que par la décentralisation économique, par l'initiative des groupes qui représentent les divers corps de métiers.

De même, les grèves sont un expédient trop primitif et trop sommaire pour prétendre, d'une façon permanente, à trancher les conflits entre le travail et le capital. On sait comment les choses se passent d'ordinaire aujourd'hui : Le capital est-il le plus fort, c'est lui qui impose ses conditions au travail, quelque injustes et exorbitantes qu'elles puissent être parfois ; et après des semaines ou des mois de privations et de souffrances, la misère contraint le travailleur à courber la tête sous le joug du capital. La puissance est-elle, au contraire, du côté des ouvriers, ils font alors la loi au patron et lui extorquent des augmentations de salaires et des diminutions d'heures de travail aux dépens de l'industrie nationale et au bénéfice de l'étranger. Ces deux solutions sont également condamnables, parce qu'elles consacrent le droit du plus fort au lieu de reposer sur la justice et la solidarité.

A cette ère d'anarchie industrielle, de guerre économique, l'avenir ne doit-il pas, Messieurs, substituer un ensemble d'institutions juridiques et morales capables de dénouer pacifiquement les conflits entre le travail et le capital, et où les groupes professionnels joueront un rôle important?

Par exemple, une grève vient-elle à éclater dans une usine ou une fabrique, à propos des salaires ou des heures de travail, le litige est aussitôt soumis au conseil de l'usine, composé des patrons et des délégués des ouvriers, et l'obéissance à leur décision commune peut couper le conflit dans sa racine. Si ce premier degré de juridiction n'aboutit pas, le différend est porté devant la chambre d'arbitrage et de conciliation, où siègent en nombre égal les représentants des syndicats de patrons et d'ouvriers. Elle rend une sentence arbitrale à laquelle les partis sont moralement tenus de se conformer, mais qui reste dépourvue de sanction légale. Enfin, si ce second degré de juridiction ne suffit pas à arrêter la grève, les délégués des syndicats professionnels seront tenus de s'adjoindre les représentants de la société tout entière, ou de l'État, en la personne de fonctionnaires de l'ordre administratif et judiciaire, pour former des tribunaux industriels qui rendent alors, non plus des sentences arbitrales, mais de véritables jugements, ayant force exécutoire.

Ces tribunaux fonctionnent déjà en Allemagne dans tous les centres industriels importants, où ils ont rendu de notables services, et le ministre du commerce dans le cabinet Gladstone, M. Mundella, en propose l'adoption dans un projet de loi déposé récemment à la Chambre des Communes.

Cette institution des tribunaux industriels suppose la reconnaissance légale des syndicats professionnels, et l'octroi de la personnalité civile à ces groupes, qui, possédant un avoir personnel, peuvent présenter alors une responsabilité effective en cas de pénalités pécuniaires, d'amendes prononcées contre eux.

Ce droit d'acquérir et de posséder consenti aux groupes

professionnels facilite aussi l'organisation des caisses cor-
poratives de retraites ouvrières et d'assurance mutuelle
contre les accidents, les maladies et la vieillesse. Si on
veut demander à l'État, comme on l'a conseillé, une
organisation de ce genre, on risque de lui imposer une
charge des plus onéreuses, et de compromettre l'équilibre des finances publiques, tout en désintéressant les
ouvriers de la gestion de leurs propres affaires; tandis
que les groupes professionnels sont éminemment quali-
fiés pour recevoir cette attribution et former, suivant
des combinaisons financières de diverses natures, des
caisses alimentées par les contributions des syndicats de
patrons et d'ouvriers, dont la surveillance et le contrôle
communs les mettront nécessairement en contact, et
deviendront un agent précieux de solidarité sociale.

Y a-t-il là rien qui ressemble au rétablissement des
corporations de l'ancien régime? Pas le moins du monde.
Celles-ci étaient conçues dans un esprit étroit et exclusif;
elles se fermaient et se repliaient sur elles-mêmes par
peur de la concurrence, et excluaient de leurs rangs
beaucoup d'ouvriers et d'apprentis. Au contraire, les
corporations modernes, bien plus larges, bien plus éten-
dues, aspirent à comprendre dans leur sein le plus grand
nombre possible de membres et à ne repousser que les
indignes. Le groupe professionnel deviendrait alors le
représentant légal et authentique du corps de métier,
et diminuerait ainsi la foule des vagabonds, des ouvriers
nomades, en offrant à l'individu isolé un centre, une
protection pour ses intérêts, entre le groupe familial,
dont les nécessités de la vie économique l'obligent à se
séparer prématurément, et l'État, trop éloigné de lui
pour lui venir efficacement en aide.

Mais, dira-t-on, cette constitution des groupes professionnels est contraire à l'esprit de la Révolution française, qui a supprimé les classes ; aux principes de 89, qui ont cherché le progrès social dans l'émancipation de toute influence corporative et dans la seule initiative des libertés individuelles. Vous oubliez donc que Mirabeau proscrivait l'existence de groupes intermédiaires entre l'individu et l'État : « Placés, disait-il, dans la société générale, ils rompent l'unité de ses principes et l'équilibre de ses forces. » Vous ignorez encore qu'un peu plus tard, Chapelier, renchérissant sur Mirabeau, dans son rapport sur le projet de loi contre les coalitions, ajoutait : « Il doit sans doute être permis à tous les citoyens de s'assembler, mais il ne doit pas être permis aux citoyens de certaines professions de s'assembler pour leurs prétendus intérêts communs. Il n'y a plus de corporations dans l'État, il n'y a plus que l'intérêt particulier de chaque individu et l'intérêt général. »

Non, Messieurs, je ne perds de vue aucune de ces objections. Mais j'estime que Mirabeau et Chapelier, préoccupés, comme la plupart des hommes de 89, de réagir contre les abus du passé, se méprenaient grandement sur la structure des nations modernes et sur les conditions nécessaires de la vie sociale en proscrivant ainsi les corps intermédiaires entre l'individu et l'État. La politique d'une doctrine aussi absolue ne pouvait qu'engendrer les excès de l'individualisme, qui se sont traduits dans notre état social par le relâchement des liens corporatifs, par l'exubérance d'une liberté personnelle trop aisément soustraite au frein de la morale et du droit.

C'est une véritable réaction contre ce débordement d'individualisme que nous révèlent ces tentatives de reconstitution de groupements sociaux et économiques, où l'individu trouverait un point d'appui, un auxiliaire de ses efforts isolés; car l'isolement de l'individu en face de l'État tout-puissant, dans une société organisée suivant les principes de 89, aboutirait à l'écrasement du faible par le fort dans la lutte économique.

Permettez-moi, Messieurs, d'invoquer ici l'autorité de ce grand penseur qui s'appelait Taine, lorsqu'il dit, dans l'avant-propos de son dernier volume sur le Régime moderne : « Il est clair que le vice intime dont souffre notre société française, c'est l'émiettement des individus, isolés, diminués, aux pieds de l'État trop puissant, rendus incapables par de lointaines causes historiques, et plus encore par la législation moderne, de s'associer spontanément autour d'un intérêt commun. » Telle est bien, en effet, la grande lacune laissée dans notre organisation sociale par les hommes de 89. Nous en subissons encore aujourd'hui les conséquences, et, du moment où nous en avons conscience, nous serions inexcusables de ne pas chercher à la combler.

Mais ici, Messieurs, je tiens à bannir toute équivoque sur ma pensée. Qu'on ne vienne pas m'accuser de méconnaître les bienfaits et les services immortels de nos ancêtres de 89. Leur œuvre est assez grande et d'assez longue portée pour admettre des retouches et des perfectionnements. Nous ne leur serons jamais assez reconnaissants d'avoir constitué sur des bases définitives le droit de l'individu et le droit de l'État : le droit de l'individu, parce que les changements survenus à la fin du xviiie siècle dans la structure et les fonctions de la société française exigeaient alors une plus large émancipation de l'individu, longtemps comprimé dans les cadres trop étroits et trop rigides de l'ancien régime; le droit de l'État, parce que, malgré l'école des individualistes à outrance comme Spencer et Taine, l'État doit occuper dans nos sociétés modernes une large place et avoir une sphère d'action considérable, en vertu même des lois de l'évolution historique; car la liberté individuelle s'est peu à peu dégagée de la contrainte collective sous l'égide de l'autorité sociale, et, malgré l'élargissement de l'initiative individuelle, il reste toujours des fins communes à poursuivre, des intérêts généraux à sauvegarder, des aspirations nationales à satisfaire, qui ressortissent nécessairement aux organes de la puissance et de la volonté centrales, c'est-à-dire à l'État.

Mais à côté du droit de l'individu et de l'État institués par la Révolution de 89, il reste à organiser le droit des groupes, des associations locales et morales de la nation. Telle est la tâche du temps présent, qui doit compléter et couronner sur ce point l'œuvre de 89.

Le mouvement général en faveur des syndicats professionnels, des unions, des associations de tout ordre et de toute nature, n'a pas d'autre sens ni d'autre but que la réintégration nécessaire de l'individu, non dans le moule définitivement brisé de l'ancien régime, mais dans des cadres adaptés aux conditions nouvelles de l'organisme social et politique.

Nous commençons déjà à entrevoir l'esquisse d'un état de société dont l'idéal ne serait plus l'émancipation de l'individu dans toutes les directions, mais la solidarité des membres de l'atelier, de la fabrique, de la cité, de l'État, de plus en plus assujettis, par la loi de la division du travail, aux règles de l'action commune et de la coopération, pour le succès de l'œuvre collective, à laquelle les rattache la diversité même de leurs fonctions.

Les *individus*, les *associations*, l'*État*, voilà bien les trois forces vives des nations modernes. On n'atteindra le véritable équilibre que lorsque les fonctions sociales seront équitablement réparties entre ces trois unités organiques, et quand on aura su attribuer à chacune d'elles la part d'action qui convient le mieux à son rôle et à ses facultés.

La division normale des tâches entre les *individus*, les *associations*, l'*État*, c'est là, Messieurs, tout le socialisme rationnel et pratique; car il faut voir dans le socialisme moderne, non pas un retour à des types de société déjà dépassés, tels que le communisme, le collectivisme du clan, de la tribu ou de la cité antique, mais une conséquence du développement naturel des sociétés humaines, des changements survenus dans leur structure interne, dans leurs conceptions juridiques et morales.

Le but essentiel du socialisme consiste à introduire plus de justice, plus de solidarité dans les rapports entre les membres de sociétés où le travail est très divisé, où les diverses fonctions ont besoin de se relier les unes aux autres, de se compléter les unes par les autres, pour former ce tout organique et solidaire qui s'appelle une nation moderne.

Un poète charmant disait, il y a peu de jours, dans son rapport à l'Académie sur les prix de vertu, que la question sociale se réduisait à la question de la misère.

C'est envisager un sujet aussi complexe au seul point de vue du sentiment, et se condamner par là à un jugement étroit et superficiel. En admettant, Messieurs, qu'il soit possible de diminuer la misère, de faire, par une répartition plus égale du revenu social, qu'il y ait plus de riches et moins de pauvres, aura-t-on pour cela, je vous le demande, résolu la question sociale? Ce serait un bien maigre résultat, si l'on n'avait réussi du même coup à améliorer les rapports entre les diverses classes, à les rapprocher, à les mettre en contact incessant dans l'œuvre commune qu'elles doivent accomplir, à substituer partout l'harmonie et la solidarité à l'esprit de discorde et de haine que nous voyons se déchaîner trop souvent aujourd'hui.

Ce qu'il y a de mauvais et d'inquiétant dans la situation actuelle, c'est bien moins, en effet, la somme plus ou moins grande de misère, que les germes d'irritation et de désaffection semés entre les classes par l'état de guerre économique où elles vivent. Voilà pourquoi l'organisation de la vie professionnelle que j'ai essayé de décrire concourra bien plus efficacement à amortir les conflits entre le travail et le capital que la réforme d'un système d'impôts et une répartition plus équitable des charges publiques. Elle fournit l'arme la plus sûre contre ce socialisme niveleur et révolutionnaire, qui, pour réaliser ses idées, fait appel aux passions malsaines, excite les sentiments d'égoïsme et de méfiance universelle, et prétend bouleverser violemment l'ordre social, quand les institutions lui permettent de le transformer par des voies pacifiques, par la liberté de la discussion et du vote.

Nous voyons trop souvent en présence dans nos Assemblées parlementaires deux partis, dont l'un considère trop volontiers la liberté comme une panacée infaillible et semble croire qu'il suffit, pour résoudre le problème social, de pratiquer le laisser-faire, laisser-passer, et d'assurer le bon fonctionnement des rouages du gouvernement; dont l'autre semble chercher cette solution dans une agitation incohérente et anarchique, dans l'omnipotence des Assemblées et l'affaiblissement systématique des prérogatives du pouvoir exécutif.

Si nos Chambres nous offrent le spectacle de cette lutte, c'est qu'elles reflètent sans doute l'image du pays.

Au-dessus de ces deux partis, n'y aurait-il donc pas une place dans notre chère patrie pour un troisième, qui, mieux inspiré, chercherait dans un gouvernement fort et pondéré la condition nécessaire des réformes sociales, et se garderait d'enlever au pouvoir la plus petite parcelle de son autorité, de crainte d'anéantir l'instrument même du progrès?

Laissez-moi croire, Messieurs, que là est l'espoir, la réserve d'un prochain avenir.

Arrivé au terme de ce discours, trop peu académique, j'aurai moins de remords d'avoir fatigué une partie de mon auditoire, peut-être la plus jeune, si je puis, pour un instant encore, retenir son attention.

C'est vous, jeunes gens, formés et disciplinés par les nouveaux systèmes d'enseignement, qui viendrez avec nous grossir les rangs de ce parti, minorité d'aujourd'hui, majorité certaine de demain. Je vous convie à cette œuvre d'harmonie sociale et de solidarité, idéal de tous les esprits élevés et généreux. Je veux que cet appel ramène une dernière fois sur mes lèvres le souvenir de celui dont j'occupe la place, et auquel on a pu rendre sur sa tombe ce juste et suprême hommage : « De toutes les vertus, celle qu'il a le plus pratiquée, c'est la fraternité. »

Bordeaux, 7 décembre 1893.

Bordeaux. — Imp. G. Gounouilhou. rue Guiraude. 11.

www.ingramcontent.com/pod-product-compliance
Lightning Source LLC
LaVergne TN
LVHW021905180726
843502LV00008B/2892